해는 멀고 그늘진 돌 틈
늦게 피는 꽃이 있단다

별나라 시집

해는 멀고 그늘진 돌 틈
늦게 피는 꽃이 있단다

별나라 시집

도서출판 컬처랩

시인의 말

김소월 시인의 시어들을
남몰래 가슴에 품어 놓고
수시로 꺼내 읽고, 외우고, 흥얼대던 소녀 시절을 지나
많은 할머니들이 그래 왔듯이
결혼을 하고, 알뜰살뜰 없는 살림을 꾸려내며, 자녀를 키우고 희로애락속에 웃고 울기도 하며 하루 하루 먹고 살기 바빴지요.

삶이 허전해지던 어느 날부터
시랍시고 마음을 표현하기 시작했고
더불어 함께 한 성경 필사와 함께
새로운 생의 목적을 찾았고 고단한 삶의 위로를 받았으며
무미한 생활 속에 의미와 재미를 얻었답니다.

돌아보니 사연 많은 인생여정, 팔십의 여울목까지 굽이굽이 걸어오는 동안
때때로 시를 읽는 것과 시를 쓰는 것이 속풀이가 되었고,
허무를 이기고 나를 찾는 시간이었으며, 무엇보다 간절한 기도가 되었던 것 같습니다.

시를 쓰면서 나를 사랑하게 되었고
척박하고 무심했던 세월 속에 펼치지 못할 꿈인 줄 알았으나
할머니가 된 지금
늦게라도 나만의 아름다운 시의 꽃을 피우게 해 주신 하나
님께 감사드립니다.

할머니 시인 별나라

차 례

1. 할머니가 시를 쓸 때 / 1

2. 가족 / 23

3. 추억과 고향 / 43

4. 인생의 오계절 / 63

할머니가 시를 쏠때

할머니가 시를 쓸 때

손녀딸이 물었네
할머니는 언제부터 시를 쓸 생각을 하셨을까?
헛헛한 웃음으로 실토했지
실은 '시'라기 보다는
생쌀 같은 추억들을 씹어보는 거야
한바탕 풀어내고픈 수다 한 마당이기도 하지
궁시렁 궁시렁 속풀이야
속절없는 회한과 미련으로
맘 달래는 따뜻한 주문이란다.

손녀딸이 물었네
할머니는 언제부터 시를 쓸 생각을 하셨을까?
흐뭇한 미소로 고백했지
실은 '시'라기 보다는
쌀뜨물에 영롱하게 떠오르는 얼굴들을 그리는거야
느즈막히 저 혼자 피는 꽃같은 것이기도 하지
해는 멀고 그늘 진 돌 틈, 그래도 살아낸 팔십 해가 감사해
이제는 너를 위한 간절한 기도란다.

손녀에게

복숭아 빛 솜털이 보송보송하던 네가
어느덧 열여덟 꽃송이가 되었구나

사과 알처럼 빨갛게 여물어지면
새로운 열차타고 너는 떠나리

비바람 몰아치는 어느 낯선 길목이라도
부풀은 꿈을 꼭 안고
인생의 또 다른 장을 펼치려 하는구나

내 소중한 딸의 또 아까운 딸아
난 할미꽃 안타까운 뜨거움으로 너를 지켜보리

늦게 피는 꽃

태양 멀고 그늘이 길어서
설령 새싹 두 장 늦게 틔었어도
누구나 꽃 되는 과정은 똑같애

돌 틈에서 말라 가던 날도
기다리던 빗물 달게 마시면
이파리들은 파릇한 날개를 펼치지

발그레한 표정 몇 장이
살며시 아침 이슬에 비치면
입가엔 미소가 피어나
누군가를 기다리는 마음
달콤한 향기로 익어 나오지

늦게 피어도 꽃이야, 누구나 꽃이야

늙은 나이에 거울을 보면서

꿈 속의 거울을 본다
코는 오똑한 지 입 끝에 미소는 달아 놓았는지
어디가 더 예뻐졌는지
거울아 가울아 이 세상에서 누가 가장 아름답느냐
거울을 뜯어 본다
주름살은 어디로 쭈글쭈글 흐르는지
흰 머리는 어디서 굽이굽이 새어나오는 지
거울아 거울아 이 세상에서 누가 가장 잘 살았더냐
거울이 빤하다
거울을 이길 수 없다
거울아 거울아 이 세상, 보글보글 끓어 넘치던 나의 꿈들은
어디로 사라졌느냐

거울이 제법 괜찮다고

초라한 내 모습을 다 보여도
속마음 몰라주는 너였기에
부끄러움도 없이 네 앞에 내가 섰다
팔십년 하루에도 수 만 가지 생각들이
내 얼굴 내 몸을 도배하지만
네 앞의 내 모습은 그저 그러 하였다
물 받아 현실을 씻어내고 너를 대할 때에도
조금이나마 예뻤으면 하는 욕망에 눈만 흐려졌다

얇은 한 커플 실낱같이 피어오른 주름 사이로
허망한 웃음 한 가득 담아
오늘 네 앞에 내가 선다
제법 괜찮다고
쑥스럽게도 네가 가늘게 속삭인다

나는 나를 사랑해

나는 나를 사랑해
세상에 제일 나는 나를 사랑해
기쁨도 슬픔도 나 혼자서 해결하고
나는 날개를 달아 푸른 광야 날아가고
몹시 아파도 나는 나를 위해
병원으로 뛰어가고
나는 나를 사랑해
아름다운 곳을 마음에 그리며
나는 나를 운전해.
풍성한 세상의 풍요를
내 눈 속에서 마음껏 보고 있어
나는 나의 주인공이야

인생길

시간의 흐름도 지루하더니
연이어 흐르니 허무하여라
마음은 젊음 찾아가지만
그 자리에 갈 수 없는 인생길이여

또래 또래 모여서 즐겁게 놀던
눈감고 지금도 헤매는 그 길을
혼자서 재잘대며 미소 띤 얼굴
되찾은 이 자리에 너는 없구나

또 다시 먼 후일 생각하겠지
오늘의 나날들이 즐거웠다고
또 한 번 미소 띠며 추억에 젖어
한 날은 그 생각에 행복할 거야

촛불

하얀 몸이었어라
뼈도 없는 몸이었어라
말없이 눈물 흘리면서도
제 몸 태워 세상을 밝히었어라

하얀 몸이었어라
뼈도 없는 몸이었어라
빨갛게 파랗게 원을 그리며
말없이 희생했어라

하얀 몸이었어라
뼈도 없는 몸이었어라
차가운 어둠을 온기로 데우고 뎁히고
심지 하나 굳건히 남기었어라

인간이란

인간이란
만족이 없구나 잘 살면 더,
더 잘 살면 더 더 더
지나고 보면 모든 것이 헛된 것이거늘
이렇게도 모두가 아우성일까
말없이 가고픈 마음이지만
생활해야 하니 어쩔 수 없나 봐
가고 있는 이 길이 어떤 길인지
알지도 못하면서 가고만 있네
행복한 사람은 행복하지만
불행한 사람은 고달픈 이 길
안 갈 수도 없는 우리들의 길
너 나 할 것 없이 모두 가는 길

거울

나는 거울을 본다
나를 본다
맑고 진실한 너를
오늘은 어디가 달라졌는지
어디가 더 예뻐졌는지
나는 감상한다.
가면 갈수록 주름살이 늘어나고
보면 볼수록 폭 파인 주름 선이
검은 밭이랑 같은 고랑이어라.
나는 다시 거울을 본다
주름 선을 펴 본다, 다시 제자리로 돌아온다
제 멋대로 흐르는 세월이기에
나는 이길 수 없다.
거울아 거울아, 네 마음을 비춰 다오.
그 옛날 젊고 아름답고 수줍게
피어나는 한 송이 꽃처럼
내 마음 깊은 곳을 비춰 주렴.

뽐내시라, 화분

흙 속에 씨를 묻었네,
열심히 열심히 물을 주었지.
시간 따라 싹이 트고,
줄기가 굵어지고 파릇한 새 잎 돋네.
한 생애를 살아가려고
부지런히 일을 하네.
머지않아 꽃 피우러,
아름답게 꽃 피워서 열매 맺어
다음 생에 대를 잇겠다고
부지런히 일하는 모습.
숭고한 자태 한껏 뽐내시라, 화분.

나는 날고 싶다

한 마리의 새로 날고 싶다
가고 싶은 곳이 너무 많기에
훠이 훠이 날아 올라서
세상을 돌고 싶다.

한 마리의 새가 부럽다
조그마한 머리에 큰 눈동자 굴리며
무엇을 결심했는지
거침없이 날아간다.

근심 걱정 주저함도
뒤돌아 보는 망설임도 없이
목적지를 향해
자신있게 날아 가 버린다.

공중 속에 자그마한 점 되더니
영영 보지 못할 어디론가
사라져 버렸네.
내 꿈 한 마리가
멀리 멀리.

오늘은 기뻐하자

오늘은 기뻐하자
다시 오지 못할 이 날을
나는 후회 없이 기뻐하며 살리
보는 것도 기쁘고
먹고 마시는 것도 기쁘고
자는 것도 기쁘고
이웃 친구 만나는 것도 기쁘고
시장 한 바퀴도 기쁘고
아우성 장단으로 손님 부르는 사람들도 기쁘고
나는 나는 기쁘다
누가 말했던가 기뻐하면 앞길이 밝아진다고
생각하기 달렸나니
기쁨으로 살리라 먼 훗날까지
기쁘고 기쁘게 살아가리라

메멘토 모리

숨을 쉬지 않고 피가 멈추니
죽음이다
눈을 뜨지 못하고 움직이지 못하니
그것은 죽음이다
땅에 떨어진 낙엽처럼
그 누가 밟아도 대항 못 하니
그것이 죽음이다

모든 근심걱정 버렸으니
그것은 죽음이다
흔들림 없는 평안을 찾았으니
그것이 죽음이다

한 줌 재로 남아 존재는 사라졌으니
사람들의 기억 속에 옛 사람 되어
죽음이다

문득 문득 떠올리는
메멘토 모리

허무한 세월

긴 세월 허무하게 보냈었구나
목적없는 삶이란 무익한 삶이다.
셀 수 없는 시간이 흘렀지만
이룬 것이 그 무엇이냐.
허물어진 젊음을 돌릴 수 없고
쇠약한 신체만이 나를 괴롭히누나.

교회 할매 삼총사

물 빠진 나뭇가지에
행여 떨어질 세라
바둥거리는 색바랜 나뭇잎 석 장
우리는 동갑내기 할매 삼총사.

매달려 스치면 즐겁고 가려지면 그립고
누가 먼저 떨어져
저 요단강 건너갈지, 앞날 기약 못하네
먼저 가는 게 복이라지만
하나님께서 누굴 먼저 부를까,
암 것도 모르고 내일을 맞는
우리는 동갑내기 할매 삼총사

타임머신 영화처럼
종이 울리면 문이 열리지,
그 빛 따라 걸어가다가
발자욱 뒤로 문 스르륵 닫히면 그게 죽음이겠지.
먼저 간 누구라도 섭섭함은 잠깐이야,
기다림에 언제라도 감사한
우리는 동갑내기 할매 삼총사.

신발

너는 내 몸에 비해 너무나 작지만
너는 사람이 볼 때 일부분이지만
너는 참으로 무한히 크다
나의 세상을 담을 만큼
너는 참으로 큰 그릇이다
너는 나의 칠십 평생 삶의 무게를
너끈하게 다 지고 다녔다
너는 인생사 모든 사연을
오롯이 다 품고 다녔다
팍팍한 산길의 생채기를 막아주고
비 젖은 진흙 길 가려주며
살얼음으로 미끄러운 길을 부축해주고

통증 전문 병원

한 사람 한 사람 통증에 싸우다가
어느 명의의 손으로 아픔이 멎는 현장.

통증에 찌그러진 얼굴들이
아픔에 못 이겨서
어느 부위는 감각을 잃고 멍해지는 곳.

아픔에서 헤어나고자 순서를 기다린다
각처에서 몰려드는 병자들
통증의 크기를 자랑이나 하듯이
이러저러한 형상이라고
아파 고파 죽겠다고
미처 설명 다 못했다고.

명의 있는 진찰실
야속한 문만 바라 보는 아픔들.

통증의 병마가 떠나가면
순간 순간 소중하게 살겠다는 결심 다지고
날마다 감사 감사로 행복 누리겠다는 다짐들 넘치는 곳.

삼차신경통

한 세상 살면서 풍파 좀 겪었으니
우리 집안 병마는 내가 다 지고 가고 싶다

신경선을 차단해야 낫는다는 삼차신경통
벼락치는 통증에 못 이겨
내 몸의 간판인 얼굴을
서슴없이 내놓았다
언뜻 보아 겉으로는 표시도 없이
볼 안은 당기고 한 아름 무엇을 물고 마비된 듯
눈 밑에는 돌덩이를 얹어놓은 듯
뺨 한 쪽이 살짝 부어올라 부끄럽다

어제보다 가라앉았나 거울을 본다
또 다시 본다, 아픈 것보다 낫지
늙은 나이에 무엇을 바라겠어
아프지만 않으면 됐지
주책맞은 입술은 나 몰래 음식을 질질 흘리니
식탁 밑은 말씀이 아니다
나는 이제 쓸모없게 되었어? 쓸 수 없게 되었지!
속으로 울다가, 벼락치는 고통이 없잖아
늙은 나이에 무엇을 더 바라겠어
안 아프면 됐지 만사에 감사하니

한 세상 살면서 단 하나 욕심은
내 가는 길에 자녀들 아픔은 내가 다 지고 가고 싶다

실버카 밀다가

길 가다 실버카에
잠시 쉬었더니 십여 분이 흘렀구나
생각없이 무심하게 가고 있는 이 시간
하늘엔 떠 있는 하얀 구름
내 목소리가 들리니, 구름아 물어보자

앞날에 생겨날 일들을
그려보며 기억의 책장을 넘긴다
먼 길을 걸어온 늙은이
집안 일 미루고 언제 멈출 지 모르는 호흡
지나온 세월들이 허무하니
내 심정이 보이니, 구름아 물어보자

02

가족

사랑

나 그대에게
신기하고 뿌듯한
말을 남기리
솜사탕처럼 피어나는
아름다운 말을

나 그대에게
웃음이 샘솟듯이 솟아나는
말을 남기리
어둠 속에서도 함박웃음 피어나는
말을

나 그대에게
꽃 같이 피어나는
사랑스런 말을 남기리
영원히 영원히 귓가에 맴도는
말을

결혼

우리 오늘 한몸 되어
세상에 첫 발을 내딛었네
환하게 웃으면서
서로 사랑하자꾸나
궂은 일 삭히면서
꾸준하게 노력하면
행복은 커지고
불행은 적어지리
서로 서로 인내하며
향기로운 언어로
내 사랑 드리리
당신 사랑 받으리
우리 사랑 나누리.

인연

인연이었기에
만났지요
결혼했기에
살았지요
쓴맛이 있더라도
달게 먹었지요
역겨워도 참았지요
모든 잡념 떨치고자
언덕에 올랐지요
무심한 바람에 비가 개이네요
일렁이는 마음에 고요가 퍼지네요.

가족 밥상

식구들 돌아올 시간
발그레 보기 좋은 얼굴로 맞으려
거울에 비치면
입가엔 미소가
누군가를 기다리는 마음
살며시 문 쪽으로 눈동자는 돌아가고
무엇으로 상 차릴까
잠시 머리가 복잡하다
아이야 내 사랑
담뿍 담아 내어놓으리
향긋한 산채나물 조물조물
무쳐서 사랑하는 식구에게

딸 마중

비 머금은 정류장에서 빗방울처럼
너를 기다린다
넓적하고 길쭉하게 사라지는 많은 차량들
다가와 멈추는 버스마다
한 바탕 사람들을 쏟아내고
지친 발걸음들은 갈 곳을 서두르나니

너 또한 집을 찾아오겠지
간간히 불어오는 비 섞인 바람에
행여 너를 놓칠세라
옷깃을 여미는 내 눈은 두서 없이 바쁘다

멀리서 조그맣게 커져오는 네가 보이면
두 다리에 스프링처럼 힘이 돋고 신바람 춤으로 덩실대겠
지
팔랑팔랑 날아오를 너를 기다리며
그런 저런 생각으로 나 서 있다.

내 딸 봉선화야

아마도 나는 욕심쟁이였구나
그 많은 나이를 먹여 보내도
한쪽이 떨어진 듯 서운한 생각
정녕 나는 욕심쟁이였구나
비 개인 어느 봄날에
화단에 씨 뿌리고 모종하듯이
너 한 포기의 봉선화였구나
내 딸 봉선화야
아름답게 꽃 피워서
봉황처럼 저 하늘 날아올라
찬사의 대상이 되거라

겨울 마중

코트 하나 들고 너를 기다린다
많은 버스를 보내었구나
멈추는 버스마다
왁자지껄 풀어지는 온기들
입김 불어 한기 몰아내며
언 땅을 뛰어가고 있구나

찬 바람에 가슴다쳤을 너도 집을 찾아오겠지
찬 바람이 간간이 눈길을 막아
옷깃을 여미며 행여 너를 놓칠세라
내 눈은 조바심친다
빛으로 싸여 환하게 나타나는 너를 발견하면
오호, 뜨끈한 국물같은 안도가 피로를 싹 풀어주는구나

호호 불며 바짝 붙어 어서 가자,
따끈한 쌀밥이 하얀 김으로 피어나는 우리 집에
언 마음, 찬 몸을 품어 주려마

술주정

빨갛게 달은 얼굴
아까운 세상
헛되이 보내는가
허무하게 지낸 세월
아깝지도 않소
정신 차려 산 세상도
허무하건만
술 취해서 자화자찬
꼴불견이라
사람들의 멸시 속에
눈치 없게도
딴 사람이 되어 사니
억울하지 않소

가정 불화

아무리 화가 나도 밥이나 잡수시오
배고픔을 참느라고 얼마나 욕보시오
평소 밥 늦다고 짜증부리던 사람이
뱃속에 쪼글 소리 어찌 그리 참으시나 (하하)

화만 나면 식구들을 들볶아 먹고
술 먹으면 자화자찬 꼴불견이오
아이들 험담일랑 하지 마시오
부부끼리 싸웠으면 그것으로 끝낼 것이지

금쪽같은 새끼들을 왜들 볶으시오
아무리 애비라도 술주정 당하는 것 보면
안쓰럽기만 하다오
선한 남편 선한 아빠로 남은 여생 살다 가시오
성경 말씀에 자녀를 노엽게 하지 말라고
했읍니다요

가련한 인생아

말이 아니지만 나는 쓰노라
글이 아니지만 나는 쓰노라

내 몸이 물 위의 조각배 되어
자꾸만 노를 젓고만 있네

나는 우느라 노를 저으며
나는 우느라 인생을 비관하며

푸른 물을 거울삼아 흘러보려고
지금도 나는 젓고만 있노라

너무나 내 인생이 가련하기에
한숨으로 탄식하며 먼 산을 보네

뽀얀 안개만이 앞을 가릴 뿐
무거운 마음 가볍지 않네

이별

이별은 정말로 사랑인 것을
그렇게도 미웠던 너였건만
이별은 정말로 서운한 것을
친하지도 않았던 사람들도
이별은 정말로 아쉬운 것을
진정 끊지 못할 사랑이었다면
이별은 더욱더 슬펐으리
언짢은 모든 일 가리어지고
미움이 없어지는 사랑인 것을
이별은 정말로 사랑인 것을

그것만은 욕심을

욕심을 버리자 행복을 바라지 말자
욕심을 버리면 마음이 편안하리
멋을 버리자
욕심이 생기지 않게

마음으로 누리자 마음 속에 그리자
호화찬란 맛있는 세상이 펼쳐지리
한껏 누리자
상상과 공상의 다리에 앉아

마음 속 사람도 마음껏 사귀자
등 다독여 줄 인생 친구
그것만은 욕심을 부리자
사랑의 마음이 변하지 않게
계속 속삭이자
많이 많이 사랑한다고
욕심껏 사랑한다고

작은 정원 가꾸기

우리 집 베란다의 작은 정원
저마다 개성 뽐내며
어제보다 요만큼 더 자랐다고
서로서로 어깨 부벼 올리며
반가운 듯 초록으로 나를 바라본다.

목마르다고 어깨가 처지려 하면
미안하다 외치며 얼른 얼른 서둘러 물을 준다
핼쑥한 이파리에 고루고루 마사지도 해 준다
아기에게 우유를 먹이듯
데이트 나가는 아들 딸 살피듯 매무세도 고쳐주고

답답한 어느 날 베란다 문을 열면
웃으라고 울긋불긋,
한 아름 꽃들로 돌아오는 정원.

치매

그 어느 날 나는 당신이
남기고 간 보물을 한참은 잊었지요
그 어느 날 잠에서 깨어
그 보물을 찾아 한올 한올 흥얼흥얼
그 옛날을 생각합니다
나이는 어리지만 잠재력이 깊어
세상의 보물 되어
한숨도 설움도 막아주고
누구나가 한 인물이 된 양
먼 산을 바라보며 울며 걸었으리
그 짧은 생애에 혼신을 다하여
남기고 간 당신의 주옥같은 문장들
고이고이 간직하며
이 생명 다하도록 그 보물과 함께
영원히 영원히 사랑하면서

기다리는 전화

따르릉 전화벨이 사이렌처럼 울리면
콩닥콩닥 놀란 가슴이
두근두근 달려갑니다

반가운 전화일까 쓸쓸한 전화일까
흔들흔들 떨리는 손이
수화기를 귀에 댑니다

입이 탑니다

걸지 못한 전화

당신이 너무 그리울 때
전화를 걸까 합니다
행여라도 당신이
내 전화를 반가운 목소리로 받아 줄까
기대에 부풀어 입가에 미소가 번져갑니다
하고픈 애깃거리가 가슴에 가득할 때
나는 행복합니다
풍선이 부풀 듯이 당신으로 가득 찹니다
나는 행복합니다

이 쓴 술잔을

나 어린 아이로 돌아가고파
이 쓴 술잔을 들었나이다

나 마음 놓고 웃어보고자
이 쓴 술잔을 들었나이다

나 미치광이 되고파
이 쓴 술잔을 들었나이다

나 이 세상을 망각하기 위하여
이 쓴 술잔을 들었나이다

그러나 뜻은 이루지 못하고
술잔으로 속 쓰려 우나이다

가고 싶은 곳 못 가니

가고 싶은 곳 못 가니
온갖 마음 그 곳에 있네
누가 말해도 들리지 않네

가고 싶은 곳 못 가니
온종일 달래 봐도 허탈한 마음
재미있던 순간 떠올려 웃어보아도
어느덧 얼굴엔 주름만 지네

가고 싶은 곳 못 가니
훨훨 자유만 그립네
어찌 그리 포기하는 마음 더하는고
속절없이 또 하루를 보내네

어머니 추도식

다섯 딸의 가슴 속에
품어 놓은 어머니의 얼굴들

묘소에 수다스럽게 모였지마는
덩그러니 봉분은 고요하네
혼 만은 우리를 반겼을 거야

뒤 돌아 오는 길
어 쩐 지 아쉬워
다섯 번이나 뒤돌아보았지마는
꼼짝달싹 못 하는 묘비만
휘이 휘이 배웅하며 서 있구나

03

추억과 고향

고향 방문

고향을 떠나온 지 육십 해
기찻길은 두 세 시간
그렇게도 그리던 고향인 것을
왜 이다지 더디게 찾아왔는고

아름드리 정자나무 그대로 서 있건만
그 많던 초가집은 간 곳이 없네

고기 잡고 미역 감던 저 시냇가는
오늘 왜 이리도 작아 보이나
만감이 위 아래로 흐르는 이 시간
사방을 둘러봐도 아는 이 하나 없고
무심히 스치는 자동차 바람만 서늘하구나

내가 변했나
고향 당신이 변했나.

고향을 다녀와서

고향을 떠나온 스무 살 꿈이
팔십 노인 되어 찾아가 보니
옛 집은 간 곳 없고 회색 건물 드높아라

봄날이면 사무치던 어린 얼굴들이
서글픔으로 뿌옇구나

육십 해 삼백육십오일
잊은 적 없건만
너부대[1] 꽃 그늘에 고향을 묻어 본다

---

1) ※ 너부대: 광명시 광명동의 지명. 작원 정원 같은 예쁜
   너부대공원이 있다.

친구

인간이란 기다리며 사는 것
나는 너를 기다린다
여러 가지 얼굴을 그려보며
나는 너를 기다린다
너의 음성이 들려오는듯
귀를 기울이며
기다리기 지루해 다른 생각을 해봐도
그 생각은 잠깐
어느 새 기다림으로
머리는 문쪽으로 향한다

떡국

지나간 그 시절 그 떡국이
사십 여년 흘러도 뜬금없이 생각이 난다
정월 초하루 명절이면
우리는 으레 이 떡국으로
제사를 지내고 먹는다
요새는 무신 날에도 먹을 수 있다

내가 지금 그리운 것은
우리 옆집 결혼식 잔치 떡국이다.
신부와 상각으로 따라온 사람만 먹는,
어찌 그리 먹고 싶은지
하얀 떡국 위에 노란 지단
왜 그렇게 보기 좋은지

상고머리 아이가 군침 흘렸던 떡국이
할머니 되어 먹는 떡국 대접 위로
아른아른 나비처럼 피어난다

커피 한 잔

달콤하고 향기롭다, 커피.
두 손 모아
따끈한 컵을 감싸 쥐면
모락모락
김 서린 평온함이 적셔 든다.
희미한 장면들이
흑백영화처럼
역방향 기차 창문에 거꾸로 지나가네

고향 산들 그리워지면
햇빛이 쏟아지는
머릿속은 넓은 평야
뛰노는 내가 있구나

향수에 젖은 갈색 커피 한 잔에
모락모락
추억을 피워내며
시간 여행 다녀 온다

불면의 밤

시간은 내일을 향해 흐르는데
어찌하여 잠이 안 오나
세상 모든 잡념 잊고 꿈나라 가려는데
어찌하여 잠이 안 오나
지난밤 꿈속에서 보았던 그 사람
다시 보고파 꿈나라 가려는데
어찌하여 잠이 안 오나
눈 뚜껑이 무겁고 또랑또랑 눈망울
어느 시에 잠드려나
지난 밤 꿈 속에서 보았던 그 사람
다시 못 볼까 애간장이 녹누나

박이 달린 풍경

산 아래 옹기종기 모여 사는 산골 마을
조용히 해는 저물어가고
노을이 품은 동네 따뜻하구나

이 집 저 집 지붕에는
하얀 박들이 넝쿨 따라 달려 있고
요 집 조 집 굴뚝에서
막대에 솜사탕 말아내듯 둥실 둥실 날아가네

골목의 아이들 숨바꼭질 소리만 커지면
어스름 사이로 아이 부르는 어머니 반가워라

후루룩 쩝쩝, 달그락 들그락
어둠이 깊어 소리도 잠들고
다른 한 세상 또 살아내듯
꿈속에서 헤실헤실 떠다니네

헛디뎌 떨어져 내리던 무서움에 질릴 때
잠귀에 들리는 아버지의 코 고는 소리 그리워라

푸드득 푸드득

한 마리의 새가 날고 있어요
마음에 간직한 꿈을 펼치려
푸드득 푸드득 날고 있어요
안간힘 속에서 힘써봤지만
새 한 마리 그 자리에 주저앉네요
여러 가지 해보려고 날아봤지만
세상은 너무나 만만치 않아
기진맥진하네요
힘이 없네요
가여운 새 한 마리
가여운 새 한 마리

인간이기에

때로는 모양도 내고 싶지요
때로는 여행도 하고 싶지요
하얀 뭉게 구름 떠 있는 저 높은 곳으로
병풍처럼 둘러쳐 있는 저 산 아래로
이 세상 모든 잡념 묻어버린 채
이곳저곳 못 가본 곳으로
검은 연기 내뿜으며 달리는 기차를 타고 나는
떠나고 싶구나 어디든 가보고 싶구나

어항 속 금붕어

어항 속 금붕어야
너의 삶의 모습은
어찌 그리 아름다우냐
한시 반시 쉬지 않고
하늘하늘 춤추는 모습은
어찌 그리 너그러운가
울긋불긋 금빛으로 몸단장 하고서
벙긋벙긋 입놀림은
그들만의 이야기
모든 일을 살랑살랑
그러려니 살아가네
그렇지, 그러려니 살아가야지.

흐르다 멈추면 그만인 것을

헛되고 헛된 세상
모진 목숨 그칠세라
동맥 정맥 길 따라
아우성치듯 흐르는 뜨거운 피
어느 순간 멈추면 그만인 것을
많은 밤을 지새우며
별천지를 그렸었지
몇 백년 살다 갈 하냥 많은 날도 아니건만
찬란하게 빛나 볼 시절 언제 오려나
희미한 희망 속에
세월이 그저 흘렀구나
세월이 찬란하게 흘렀구나

못 다 핀 백합

한 송이 백합이 피다 말았네
모진 비바람 피해서 외로이 서 있네
여기저기 서 있는 유혹의 손길
꺾이지 않으려
백가지 비늘뿌리에 안간힘 담았네

한때는 화려한 꿈도 꾸었지
남보다 세상을 잘 살아 보겠다고
지나간 날들은 허사였지만
못다 핀 백합
어느 내일 행복이 온다면
오늘을 삭혀
진향의 향 피워내리.

한밤중

칠흑 같은 어둠의 목구멍
울창한 산도 바다도
끄억 끄억 삼켜 넘긴다
삶의 아우성 소리도
초롱초롱 아이의 새까만 눈빛까지도
꿀떡 삼켜 버린다
많은 가난과 빛나는 재력도
하나로 삼켜 버린다
풍부한 지식과 저마다의 상념도
곱씹어 삼켜 버린다

삶에 지친 인생들을
잠깐이나마 쉬어가라고
입 꾹 다물고 어둠으로 잠깐 중화시킨다

새벽

태양은 만물의 지휘자,
흑암을 밀어 내 새벽을 돌린다
때로 덮힌 도시의 피로를
새벽의 이슬로
말끔히 씻어내고
어둠에 취한 영혼들을
흔들어 깨우나니.

태양의 지휘 아래
삶을 영위하고자
끄덕끄덕 차르륵 차르륵
일어나는 기계들이여
꾸덕 꾸덕 덜커덩 덜컹
움직이는 로봇들이여

철거된 우리 동네

지하철 공사로 철거된 우리 동네
가지가지 사연도 많지만
폐허가 되고 보니
쓸쓸하기만.

울고 웃던 우리 동네 순박한 그 인정들
지금은 어느 곳에 그 인정 심는고,
남아 있는 흙덩이들
벌거벗은 채.

비바람에 씻기우며
새 주인 찾는구나.

망년회

흘렀구나 일년이란 세월이
기쁜 날도 있었지
슬픈 날도 있었지
365일을 무사히 지냈다는 증거인지
너도 한 잔 나도 한 잔
유행가 노래가 들려오누나
흥겨운 노래가
또 다른 삼백육십오일 향해서
시간은 흐르는데

옛날 아침

동이 트고 일과는
또 다시 시작되누나
멀리 보이는 초가 지붕에
이슬 맞은 하얀 박들이
아침 햇살에 세수한 듯 깔끔하고
이 집 저 집 굴뚝 연기는
하늘의 구름을 연상케 하네
소복 소복 조반상이 차려지면
너도 나도 바쁜 하루
앞다투며 시작하네
일터마다 웃음 소리
흥겨웁게 들려오고
또아리 위에 광주리 얹은 아낙네들
몸집보다 큰 짐이 힘겹구나

블랙 커피

지나간 세월이
검은 비애에 녹아서
세월의 향기
삶의 진실로 스며 나오니
검고 단 블랙 커피
식는 줄 모르네

허브 아일랜드의 야경

아일랜드 허브농장에는
허브 향기가 코를 찌르고
휘황찬란한 야경은 그 무엇으로 표현하리
반짝반짝 빛나는 전기로 피는 꽃
형형색색으로 어두운 밤을
화려하게 수놓았네
몰려든 관중들의 탄성 소리는
여기서 저기서 음악처럼 흘러나오고
찰칵 찰칵 사진 찍는 소리는
리듬처럼 추억으로 남느라 여념이 없구나

밤 깊어가도 떠날 줄 모르네

04

인생의 오계절

입춘

어제까지만 해도
옷깃 차갑게 날카롭던 바람이
오늘 입춘이라고
이렇게 보드랍게 변하다니요

어제만 해도
옷깃 여미며 얌전하던 햇빛이
오늘 입춘이라고
이렇게 눈부시게 빛나다니요

분주한 바람과 햇빛이
청초한 싹을 틔우니
내일이면 어느 새 꽃들은 고개 들어
이렇게 달콤한 향기로 화사하게 웃겠지요

부스럭 부스럭 한 줌 소망을 꺼내라고

봄비가 내린다
온 대지를 축축이 적시며
땅 속에 웅크리고 있는 새싹을
나오라고 노크하듯이
봄비가 내린다
행인들의 옷깃을 적시며
메마른 마음을 촉촉이 적셔서
원망 미움 말끔히 씻어내듯이
봄비가 내린다
발걸음도 뜸해진 깊은 밤에
얼어버린 공기를 데우며
부스럭 부스럭 한 줌 소망을 꺼내라고
봄비가 내린다

봄소식

앞산의 바람결
알싸한 소나무 향기가
온몸을 감싸고
봄이 왔다고
얼었던 땅은 부드러워지고
쪼그렸던 뿌리들 쭉쭉 뻗는구나

풀 이끼들 살며시 고개 들어
푹신한 양탄자 펼치고
쉬지 않는 부지런한 세월에
나뭇잎들 풍성해지면
섬섬옥수 나무그늘로 모여 앉아
이야기꽃 먼저 피우리

주렁주렁 열매들의 유혹은 멀었어도
사이사이 흐르는 기쁜 물소리
봄이 왔다는 기별이라
귓가를 맴돌면서
형제와 벗 찾아 졸졸졸 흐르는구나

봄의 가랑비

가만히 가만히 내리는 가랑비
검었던 나뭇가지 목욕시키고
살며시 내미는 생명들은
두드리며 가만히 부르는 소리
얼었던 땅 속을 노크하고
우산 속의 아가씨와 속삭이자네
가만히 조용히 내리는 가랑비
목이 마른 나뭇가지 목 축여주네

먹구름이 걷히고 하얀 구름이
온 인류를 내려다보네
좁았던 공간이 넓어 보이고
어디선가 호랑나비 날아올 듯이

앞산 진달래

실비 속에서 너는 눈을 뜨고
폭우 속에서 너는 자랐지

잎보다 먼저 피는 연분홍들이
수줍음으로 앞산을 물들여
뒷집 앞집 처녀 총각들
상사병으로 신열을 앓았지

원없이 구성지게 한 판 놀았나
하얀 소복처럼 땅으로 뚝뚝 흩날려
봄비에 아스라이 밟히고
가지 마다 초록 새순을 옴팡지게 남겼네

목련

하얀 소복 단장 하고서
격식차려 봄 맞이 나오는가
잎새 없는 가지를 가득 채워
고고하게 피는 꽃
영근 함박 눈송이가 꽃이 되었나
겨울 밤 꿈들이 꽃으로 피었나

품격있는 고운 자태
내 삶도 저리 피고 싶은데
우아한 꽃잎 떨어지는 그 날
어느덧 찬란한 계절의 빵파레가 울리고
살아있는 날처럼 스러짐도 기품있게

분꽃

마당 가에 분꽃 씨앗 심어뒀더니,
수줍은 새 각시 분단장하고서
살며시 얼굴을 내미네.
망울망울 꽃봉오리 터뜨렸구나.

나는 속삭인다, 어찌 그리 예쁘냐고
나는 다시 한번 속삭인다,
어찌하여 밤에만 피느냐고.
고운 자태 밝은 낮에 보여주렴아,
시시때때 너를 찾아 사랑하리라.

봄꽃도 삼일 천하

봄봄 봄이어라
울안에는 하얀 목련꽃이
청아한 자태를 고고하게 자랑하고
울타리를 휘감고 있는 개나리꽃은
온통 노랗게 울타리를 물들였네
길가에는 연분홍 벚꽃이
하얀 이를 활짝 드러내
앞 다퉈 재잘대는구나
가는 길 멈춘 사람들
꽃 수다에 눈이 먼 듯 아무 여념 없네

혹독한 추위를 이겨낸 꽃이건만
피우자마자 무심하게 세찬 비바람에
고운 모습 풀풀 흩어져 날리고
꽃 울음으로 통곡하네, 꽃비로 적시네
소나기로 꽃잎이 쏟아지네
아름다운 꽃 보기도 아까운 꽃
빗물 따라 흘러 흘러
꽃 무덤이 슬프구나
인내한 세월 어쩌라고.

아까운 꽃들이여,
그래도 다시 볼 고마운 약속을 걸어두며
사랑스런 꽃들이여,
이별의 아픔을 거두자꾸나

꽃 가족의 곡소리를 들었네

봄바람 스치면
연분홍 꽃잎들 여기 저기 흩날리네
나비들이 여기저기 문안드리고
꽃향기 찾아 하늘거리네

먼 산 아지랑이 아롱거리고
흐물흐물 사이 사이 환영처럼
동네 꼬마 목소리들 메아리치네

진달래 한 아름 꺾어
한 철 생명 빼앗고도 즐거움만 뒤범벅
상기된 귓볼은
꽃 가족의 곡 소리를 들었네.

오월 어머니

계절의 여왕이라더니
참말 살기 좋은 계절이로세

봄이라고 봄꽃들이 불쑥불쑥
노랑나비 호랑나비
나랑 노랑 나불거리고

봄비가 가끔 신록을 재촉해
짝을 잃은 이파리가
비바람에 눈물로 번들거리며
외로움에 젖어있어도
공원마다 초록의 카페트가 푹신하니
한껏 뒹굴고 싶은 오월이로세

동네 모씨 종산 산길 입구에
이름도 모를 잡초들이
무성한 깔개로 맞이하니 잠시 앉아보자
껍질 까진 나무 몸뚱이에
까만 왕개미들이
먹이 찾아 이리저리 바빠도
오월의 핏빛 기다림들은
내년을 기다려야지

오월 어머니처럼
겨울 꽃나무에 미리 물을 주리라
싹 트고 꽃순 당당히 나오라고
오월 맞이하면서 마중물을 주리라

짧은 봄날 심술 부리 듯

푸른 물이 오르듯
삼월의 시간과 사월의 날들이 흐르니
하늘 물결 따라
산마다 들마다 거리마다 마당마다 피어난 고운 꽃송이
끝자락 봄비 바람에 후드득 날려버렸네
보듬어주던 연초록 이파리들만 남아
임을 보낸 서러움에
빗속에서 진초록으로 흐느껴 운다

봄이 오라, 봄만 오면,
그렇게 고운 꽃들 기다렸건만
짧은 봄날 심술부리듯 날려버렸네
무심하게 지나버린 찰라들이여
또 얼마나의 순간들을 보내야 다시 보려나
왜
왜
그 소중한 분초에
무엇에 얽매여 잡을 수 없는 추억들을 놓쳤네
세월의 선물을 놓쳤네

개나리

엄동설한 빈 가지만으로
앙상하게 지켜내던 믿음이
마지막 꽃샘 추위도 몰아내고
잠든 봄을 깨웠구나
따스한 햇빛 아래 연초록 새순이
돋기도 전에 꽃망울 먼저 터뜨렸구나

하늘의 별이 꽃이 되는 게지.
노란 별빛들이 반짝반짝 지천이라
오, 너희들은 해냈구나
몰아치던 비바람에 흔들리며
살을 에이는 눈보라도 이기고
장군님 어깨의 별인 양
늠름하게 빛나는구나

안개꽃

방울 방울 진주알 터진 듯
안개 꽃 피었구나
줄기는 실 같이 가늘어도
심지 곧게 뻗어나
겨울 싸락눈 손뜨개 모자처럼
가냘프게 소담하게
꽃송이 맺혀 있네

남 위해 쓰임 받는 꽃

장미 꽃 화려하게 보필하며
꽃다발 속에서
한 바탕 선한 웃음 가득하네

꽃비

꽃비가 나린다
세상 뒤흔드는 바람 소리에
꽃비가 나린다
사월의 벗나무 아래 수북이 쏟아진
꽃가루는 장마비라도 몰고 온 듯이 거세게 부는 바람에
못 견디고 떠밀려 사방으로 흩어진다

뿌리로 줄기로 생명력 이어받아 피어난 꽃송이들
한때는 우리들의 우상이자 환희였잖아.
힘없이 날리는 무생의 조각들을
쓸어 담으며
감사의 조사를 읊는다
아아 어찌하랴 시간이 가져다준 것을

봄은 오니까

칠흑같은 어둠도
밝아오는 아침을 막을 수 없고
살을 에는 듯 엄동설한도
다가오는 봄 소식에 무릎 꿇었어
사방에 따사로운 햇살이 부드러워
무거운 외투는 벗어버려
걱정도 쓱 던져버려.

무지개가 흩어져
초록 잎에 꽃들 되어 바람으로 날리니
향기로 예쁜 세상에 마음은 충만해
싱그러운 연인들은
얼굴을 마주 하고 속삭여
길목마다 담장마다 꽃들은 함박웃음
입 크게 벌려 함께 웃어
봄이 오듯 좋은 일도 올 테니.

버려진 화분

버려진 화분에 마른 철쭉 주워다가
날마다 흠뻑 물 허기 채워 주고
눈빛으로 쓰다듬고
사랑으로 마음 주니
망울망울 꽃망울 맺히더라
함박같이 보답같이 셀 수 없게 피었어라
거짓 없는 꽃들이여
연분홍 진분홍 사이로 얼굴 들이밀어
나도 순진한 철쭉 꽃송이로 피어 본다
향기에 취해서 시간 가는 줄을 모르고

임무 완성

아침 저녁 쌀쌀한 바람에
만발했던 꽃잎도
매가리없이 떨어지는구나

추운 겨울 땅속에서 봄을 기다려
어렵게 세상에 나왔건만

사람의 눈만 하냥 즐겁게 하더니
소임 다한 듯
무상한 세월 따라가고 있구나

다시 오겠다 다짐이라도 하듯
땅에 떨어져
이리저리 날리고 밟히고 있구나

아쉬워 말자
할 수 있는 일 다 했으니 임무 완성
서글퍼 말자
나풀 나풀 돌아올 봄이 또 있으니

여름이란 말

여름이라는 말과 함께
더위는 다가오네
기온이 높지 않아도
여름이라는 말 한 마디로
뜨거움이 내 옆에 있네
추웠던 겨울을 떠올려봐도
여름이란 낱말 하나로
끈적거리는 땀방울이 살갗에 달라붙네
여름이라는 말은
힘이 넘쳐
선풍기의 강풍도 이기려 드네

아서라, 소나기

장대같은 소나기 떨어지는 곳마다
겹겹이 원을 만들고
한줄 두 줄 흐르는 작은 물소리
높은 데서 낮은 데로 한 몸 되어서
황토색 실개천 만드누나

우산 없어 처마 끝에 서 있는 사람들
조급한 마음을 억누르면서
언제나 그치나 하늘만 보네
장난꾸러기 신나듯 쏴아쏴아 쏟아지고
덩달아 장단 맞추던 풀포기
흙탕물에 씻기다 지쳐
쓰러질 듯 고개 숙이니
아서라, 소나기 놀라 멈춘다

내일은 한 뼘 더 자란
진초록 풀포기 꽃을 피우겠구나

더위도 잠시 졸고 있는 여름밤

한 낮 세상은 온통 불 항아리
지겹던 장맛비에 지쳤어도
땡볕 더위엔 소나기 한소끔이 그리워

더위도 잠시 졸고 있는 여름밤
평상 마루에 몸을 얹히고
하늘을 지붕 삼고 누웠노라니
호기심 가득한 별들이 반짝 반짝
무수한 눈빛으로 세상 내려다 보네

초여름 밤

조용히 어두움이 세상을 물들이고
인간도 어두움을 덮고 눕는다
나름대로 꿈들이 펼쳐지고
쉴 수 없는 시계만이 적막을 깨뜨리네

먹물로 까맣게 칠해놓은 듯
캄캄한 밤중에 등불이 되어서
반짝반짝 빛나는 별님들의 속삭임
내일을 기다리며 찬란히 빛나네

고요한 밤중에 풀벌레 소리
자기의 세상인 양 신이 나누나
하루를 살다 갈 하루살이도
이 한밤 가기 전에 신이 날 거야

여름비

더운 열기 식히네
뽀얀 먼지 가라앉히네
왁자지껄 골목들이
빗줄기에 묻히고
시든 초목들은
영양제 주사 맞은 듯
쑥쑥 쭉쭉 허리 펴네

일에 지친 농부
끈적이는 땀 닦고
휴식 단잠에 꿈을 꾸네
보약 먹은 잠꼬대 청청하고
잠결에 느끼는 안분지족
피로가 녹아 나오고 결림없이
쭉쭉 쑥쑥 다리 펴네

여름날 장대비에
짧고도 긴 천국 시간 흐르네

여름 휴가

바다가 부른다 파도가 부른다
너랑 나랑 배낭 메고 길 떠나 보자

각처에서 몰려드는 인파의 물결
더위 피해 집 몰라라 앞다투어 몰려드네

쉬지 않고 치는 파도 그칠 줄 모르고
대항하듯 몸 담가 부딪치며
너나없이 아우성
얼씨구 놀아나는 선남선녀들

가뭇가뭇 그을린 살갗
바다의 생색일까 파도의 인사일까
반겨 놀았던 태양의 추상화 그림이어라

매미

여름 한 달 생명줄에 맴맴
찌는 더위 사랑 찾자고 맴맴
7년을 기다렸노라고 맴맴
한 마리 수컷이 맴맴
나도 있다고 또 맴맴
돌림노래처럼 합창처럼 떼거리로 맴맴

목숨 바쳐 뜨거운 사랑 맵다고 맴맴
후대를 위해 책임 다했다고 맴맴
삶의 목적을 완수했다고 맴맴
은날개가 찬란하게 맴맴

안타까워 나도 그렇게 맴맴
부러워서 나도 그렇게 맴맴

여름 바다

뜨거운 햇빛에도
타지 않는 바다는
반짝이는 물결을 이리저리 휘적이며 연주하네
선율처럼 노를 젓는 사람, 파도를 타는 사람들
즐거움이 넘치리라
행복이 넘치리라 마냥 흥겨우리라

뜨거운 햇빛에도
바다가 좋은 사람은
모래 위로 밀려오는 파도와 달리기 하다가
반짝이는 모래 위에 두꺼비집 지어 놓네
장난꾸러기 파도가 성큼 다가와 무너뜨려도
무너져도 행복하리라
행복이 넘치리라 마냥 재밌으리라

와르르 포말의 푸짐한 너털웃음 수시로 터지고
고래의 메아리가 겹겹이 깊어지면
노을 적신 바다는 금물결로 변하고
사람들의 긴 그림자도 사라진 후에
바다만 남아 잠들지 못하고
처량하게 출렁이리라
외로운 파도가 생울음을 삼키고
철썩철썩 바다를 위로하리라

한여름 신열

시들한 몸에 열이 나누나
하루 세끼의 삼백육십오일
길다가도 짧기만 하고
매년 한 해를 보내면서
나는 무엇 때문에 사는지
살림의 반복적 무아경 속에서
문득 비치는 모습은 내 꿈이 없네
저들 모두가 자기 길을 개척해 갈 때
하루살이처럼 매일 살고 죽어
그림자로 살아 온 삶

시들한 몸에 열이 끓누나
도전함이 없으니 받을 것이 무엇이랴
내 노력이 없고 내 땀을 흘리지 않으니
그 무엇을 이루랴
숱한 바람에 이리 흔들 저리 흔들
가지들만 지쳤구나
통나무같은 삶이 가만히 저물고 있구나

수해 방송

기나긴 장마는 언제 그칠지
창문을 두드리며 쏟아지는 물줄기는
잿빛으로 시야를 가리고
냇물 되어 흐르다 강물로 덮치네
여기저기 수해 난리통
재산도 망가지고 생명도 앗아가니
긴 장마가 두렵다
해는 기어코 다시 뜨겠지만
맑은 날도 다시 오기야 하겠지만
물난리를 겪는 이 시간
어린 시절 호환마마보다 더 무섭다
모든 것을 삼켜버리는 수마에
애끓는 사람들의 통곡소리
그 어디에 하소연할까
주님, 노아의 방주는 어디 있을까요?

바다의 추억

넓은 바다는 잔잔한 평지의 넓은 운동장
나는 배회한다
나는 바다 위를 뛰논다
공을 굴리며 뛰논다.
여기저기 울긋불긋 인파들의 함성 소리
바람결에 들려오고
잔잔한 호수는 어느덧 운동회로 변하고
웃음꽃이 바다에 흩뿌려지는데
어디선가 들려오는 선생님의 호각 소리,
나는 정신을 차린다.
잔잔해진 바다는 광야로 변하고
저 멀리 남쪽에서 불어오는 바람이
바다인지 들판인지 무렴한 나를 감싸 안더니
머리칼만 덤불처럼 뒤흔들고 가버리네.
출렁이는 파도는 작은 산 이루고
저만치 부서져서 물거품 이루네.

파도 타고 노는 이여,
아찔아찔 아슬아슬 철썩 철썩
포말로 하얗게 웃어 버리는
그 순간 그 재미란 참으로 잊을 수 없어라

공원에서 행여, 혹여

공원의 등나무 처마 삼고
잔디를 요로 깔아
살며시 누워서 하늘 본다.
무성한 잎새 빈틈으로 총알 같은 햇빛이
눈을 찌른다.
행여 병날까 일어난다.

큰 먹이인 줄 모여들었던 개미 떼들
깜짝 놀라 후다닥 도망친다.
혹여 소중한 목숨 다칠까 기다린다.

바람이 스치고 간 자리

바람아 불었구나
어지러진 세상을
비 개인 뒷날처럼
맑음으로 정돈해 놓았구나

찌는 듯한 여름 더위를 가셔주듯이
어지러운 내 마음도 쓸어가
맑음 하나 주려마

솔~솔 바람아
베란다 이불 빨래가
훌렁 훌렁 마르고
근심 걱정 젖은 마음
뽀송뽀송해지게
솔솔 솔바람아

여름 끝자락

여름이 가고 있구나
지치지 않는 뜨거움으로
온 세상을 흐물흐물 녹이더니
가을을 재촉하는 바람에
흐늘흐늘 밀려가고 있구나

유둣날 내리는 비로
가을 풍년 약속한 듯
산천초목 오곡백과
마지막 열정 다해 살 찌우고
껍데기로 가고 있구나

제 할 일 완수하고
돌아 올 다음 해를 기약하며
표표히 가고 있구나
여름이 가고 있구나

초가을 들녘 해질 무렵

풍년의 소리가 들려오누나
누렇게 익은 곡식 바람에 물결치고
여기저기 허수아비
스치는 바람에 신나서 그네를 뛰네
참새 떼 제비 떼 너 나 없이 넘나들고
풀벌레 노랫소리 적막을 깨뜨리네
저기 앉은 저 농부님
한 시름 놓았네
담배 한 대 물고서 무슨 생각 하시는고

여름내 흘린 땀이 황금처럼 빛나네
노을에 물든 들녘
금빛 찬란하구나

낙엽 1

싱그럽던 연초록
어느 새 진해져 잎새들
저마다 청초록으로 반들반들
팽팽하게 뽐내더니
세월에 못 이겨 낙엽 되었구나
앙상한 나뭇가지 쓸쓸하구나
바람이 미는 대로 날리고 구르는 낙엽아
나무 밑으로 소복 소복
잠들 자리 만드는구나
이생의 색깔은 아름다웠으나
푸르를 때 못 다한 것 원통하구나
덧없이 흐른 세월 못내 아쉬움
마른 나무 뿌리에
거름으로 스며드는구나

어쩌면 또 봄에
지치지 않는 푸르름으로 만나겠구나

낙엽 2

밤 사이에 내린 비로
우수수 떨어진 낙엽
누런 이불 되어 땅을 덮누나
지나간 세월 회고하는지
앙상하게 남은 가지 사이로
희미한 기억을 더듬어
저물어가는 햇살

마지막 흘린 눈물도
마르는구나

가을

가을은 축제로 달뜨는 계절
산들은 빨갛게 누렇게
단풍 가득 절정의 탑을 세우고
성마른 단풍잎은 낙엽되어
땅 위에 뒹군다

가을은 준비로 조급한 계절
맥박이 멈출 까봐
훌륭한 작품으로 끝내려면 바쁘다 바빠
하늘도 서두른다

아 가을은 베풂의 계절
색깔과 열매들로 풍성함을 선사하고
다가오는 겨울을 견뎌내도록
바람도 길을 열어 준다

제비

가끔씩 서늘한 바람 불어
온몸을 가을로 감싸면
떠날 때가 된 게죠.

유유히 날아오르던 물찬 추억도 접고
강남 갈 채비로 분주해지죠.
음력 구월 구일 중양절에 강남 갔다가
음력 삼월 삼일 삼짇날에 돌아오는 길조(吉鳥)
수가 겹치는 날에 갔다가
수가 겹치는 날에 돌아온다죠.

언제나 이별은 서글퍼도
때가 되면 돌아오는 약속이 있죠.
그러나 인간 육신은 한 번 가면
다시 못 오니
제비가 부럽기만 하죠.

가을을 알려주니

온 세상이 불타오르듯
기승을 부리던 땡볕 더위도
기어이 꺾이고
결실의 계절 가을이 손짓하누나
농부의 이마에 흐른 땀방울이
논밭에 주렁주렁 열매 되어 익어가고
농부들은 풍년 들어
싱글벙글 흥이 나네
집집 앞 마당 붉은 고추
멍석 위에 널려 있고
간간이 스치는 바람마저
가을을 알려주니
머지않아 추수할 농부 마음
바쁘기만 하구나

코스모스

무심한 파란 하늘 아래
빨갛게
하얗게
분홍으로 매니큐어
매끈하게 바르고
고운 손톱들 모여 들었나
이 가을을 그냥 지나지 못해
한 부락을 이루었구나
간간이 부는 바람에
얼굴 부비며
한바탕 어우러진 형제자매여
가느다란 몸뚱이로
여리게도 예쁘게도 피었구나
빨갛게
하얗게
분홍으로 꽃잎 모임들
맘껏 하늘거리누나
논둑 위에
오솔길에
인생 길에

단풍

모여드네 모여드네
빨갛게 노랗게
이글거리는 단풍 속으로
삼삼오오 짝을 지어
그 사람 저 사람 모여드네
산냄새 풀냄새가
어우러진 나무 밑에는 여기 저기
웃음 소리 말 소리
바람결에 메아리치고
사이 사이 흐르는 물소리는
정겨운 노래인 양
귓가에 맴도는데
뚝 하고 떨어진 이파리 하나
사공 없는 배가 되어
흘러가누나

추석 친구

친구야 나, 너와 놀자 부르노라
중추절이 돌아왔구나
우리 새 옷으로 갈아 입고
귀밑머리 날리며
널이라도 뛰어볼까나
네 목소리가 귓전에 들려오고
내 손위의 네 손은 여전히 따뜻하구나.

풍성한 햇과일과 곱게 빚은 송편이
그 시절 우리 마음 속 고운 정 같구나
친구야 나, 저 달 보고 있을 때
저 달은 너를 보고 있겠지
나의 마음은 사다리 걸쳐 놓고
오르고 싶은 마음 간절하구나

단풍 액자

봄부터 흘린 땀이
잎 돋고 꽃 피더니
산속에 불씨 놓였나 불붙었네
빨갛게 물든 단풍
바람결에 우수수 산속에 타오르네
절정의 이 풍경을
하늘빛 실타래와 수놓아
한 폭의 액자 만들어
너랑 나랑 담소 담아
대청마루 걸어놓고
오신 손님 맞이할까나
맞이할까나

첫눈

소복이 쏟아진 하얀 눈송이
창문을 두드렸었네
겨울이 왔다는 기별이었나
신비의 세상을 만들었어

아카시아 꽃잎을 깔아놓은 듯
하얗게 세상을 물들였구나
손등 위에 떨어진 눈송이 하나
불 속에 들어온 듯 물이 되었네

훈훈한 바람 타고 너는 왔지만
이 세상 모두가 삭막해져서
어쩐지 너와는 거리가 있구나
아이들과 강아지는 뛰어노는데

눈길에 결의가 반짝이네

눈이 쏟아졌네
겨울이라고 한 치 어김없이
살을 파고드는 찬 공기에
하얀 색은 더 진하게
목화 솜옷 걸친 나뭇가지
한 두 번 무거운 듯 체질하고

눈이 쏟아졌네
시루떡 같은 눈길에
누군가의 발자국
떡가루 흩어짐도 없이 줄지었네
어둠을 뚫고서 이 새벽
눈길에 도장 찍듯
반듯반듯 결의가 반짝이네

간간이 부는 바람
여전히 세차기도 하여라

겨울산 풍경

차가운 겨울산
하얀 눈송이가
나뭇가지 꽃피우고
등산객 맞는 길목마다
백설기로 덮어놓아
차마 밟을 수가 없구나
간간이 스치는 바람에
가지마다 살짝 앉은 눈꽃들
들릴 듯 말 듯
보스락거리며 속삭이네

가벼워진 나뭇가지
목욕 후 밝은 햇살 따뜻해
발그레 웃는구나
골짜기 눈 무덤아래
흐르는 물소리는
어딜 급히 가길래
겨울산의 적막을 깨뜨리나
형제를 찾아서
강이 되려나
바다가 되려나

서리 꽃

지난 밤 매섭게
기온 내려가더니
서리꽃이
유리창에 수를 놓았네
나뭇가지에도
날카롭게 피어 있는
매서운 서리꽃
정오의 해를 보면
투명하게 사라지는 꽃
수명은 짧아도
칼날같이 빛나는 꽃
새벽의 서리꽃이
아침을 지키고
칼 같은 하루를 열어주네

겨울의 남이섬

작은 강에 배 띄우고
물을 가르며 도달한 섬
입구에 서 있는 인어공주상
얼음으로 싸여 있고
군데군데 모닥불에
관광객들 모여들고
구슬픈 색소폰 연주가
운치를 더하는데
색소폰 부는 악사는
너무나도
힘들어 보이누나

아담한 투어버스 전세내어
한 바퀴 돌다 보니
여기 저기 눈모아
설산을 쌓아놓고
겨울연가 주인공
눈사람 되어 입맞춤
관광객의 미소를 자아내네
길마다 가지런히
품위있게 서 있는 고목들
누구들이 다듬고 꾸몄는가

땀방울이 배었구나
수고와 열정의 손길들
오랜 동안 기억과 추억으로
영원하리라

제부도, 겨울

언젠가 한 여름
갯벌체험 아이들의 웃음소리
포말처럼 부서져 빛나던 곳
머리에 눈을 이고
한 겨울에 찾아오니
적막한 찬 공기가
바다내음 흙내음
모두 삼켜버려 맹숭맹숭하다.

밀려갔던 썰물이 거무스레 밀려오는데
매바위 살던 매들은
어디로 갔을까.
신랑바위 각시바위 유혹할
예쁜 까페들이
따뜻하게 기다리는데.

겨울에도 빛나는 젊은 연인들
일몰 보러 왔다고 여유로운데
해질녘 노인 부부는
총총총 갈 길 재촉하기 바쁘다.

밀려오는 물결 위에

회를 치며 노니는 청둥오리
시절을 만난 듯 추운 줄도 모르고.

설 대목장

진눈깨비 내리네
땅을 적시며
낼 모레 설이라 술렁거리고
상인들 대목 맞아 흥으로 외치고
자녀들 설빔 고르는 엄마들의 즐거움
이 손 저 손 장바구니
재수로 그득하고
시장에선 누구나 웃음꽃 피어오르네

모두가 바쁘게 살고 있구나
흘러간 설날도 그렇게 살았고
돌아올 설날도 또 돌아올 설날까지도
부족함 삼키고 웃으며 그렇게 살아갈 것을

눈꽃과 나뭇잎

옷을 벗은 나무 위에
흰 눈이 나린다
나무는 하얀 꽃을 줄기마다 피운다
보기도 아까워라 만져보고 싶어라
겨우 남아 있는 이파리 몇 잎
눈송이 내려앉아 힘들게도 하누나
먼저 간 이파리들 떨어진 낙엽 되어
내리는 눈으로 이불 삼았네
눈꽃은 솜처럼 부풀어 오르고

동백꽃

혹독한 추위를 맨 몸으로 견디는 동백나무여
파란 이파리에 하얀 모자를 털면서 내미네
선지같이 낭자한 빨간 꽃잎들
성글성글 산속에 너라도 남아있어
겨울산 오르는 이의
적막한 마음을 사는구나

엄동을 이겨내서 더 아름다운 꽃
새 생명의 선혈이 얼어서 피어났을까
승리의 훈장으로 맺힌 비단 동백꽃
댕강댕강 뒹굴어도
불타는 자존감 고결하구나

코로나 마스크

마스크를 부러 써 보니
이제 알겠네.
당신과 내가 내뱉은
욕심의 바이러스가
서로의 병든 호흡으로 돌아온 것을

마스크를 종일 써 보니
이제 알겠네
감춰 놓은 오해와 비난이
기침으로 새어나올 지언정
표독한 표정 가려 위로가 되고
마음 다치는 화살촉의 방패가 되었던 것을

마스크를 내리 써 보니
진정 알겠네
막아놓은 입김과 콧물을 닦아내듯
원망을 막고 미움을 닦아내면
마스크를 내릴 수 있는 당신이 부쩍 그리운 것을

나의 기도

빛과 소금이 되라고 하신 주
빛과 소금이 되기를 원했지만
왜 이리도 되지 않나요
당신의 뒤를 따르려고 했지만
길을 잃고 울고 있어요
말씀대로 순종하려 해도
깜빡 깜박 잊고 말아요

세상 유혹과 욕심을 이기려
수 천번 마음 먹어도 꼬르륵 배가 고파요
하나님이 들어주지 않는가 봐요
저의 기도가 부족해서
하나님께 들리지 않는가 봐요
들어주시든 안 들어주시든
저는 할래요 저는 할래요
또 하고 또 할 수 밖에, 다른 수가 없잖아요.

맑게 살게 하소서

맑게 살게 하소서
거짓 없이 살게 하소서
혼탁한 발길에 빛을 비춰주소서
죄악 된 세상을 모두 버리고
유리같이 맑은 마음 갖게 하소서
하나님이 주신 사명 감당하면서
제게 지운 십자가 기꺼이 지고
감사로 기도하고
천국의 평안 바라보면서
부끄럼 없이
주님 앞에 서게 하소서

은혜의 하나님

날마다 부어주시는 은혜를
왜 감사하지 않는가
날마다 날 위해 운전하시는데
왜 모르는가
날마다 내 옆에서 일거일동을
살피시는 하나님을
왜 외면하는가
날마다 불행과 위기를 막아주시는 방패임을
왜 믿지 못하는가
날마다 건강과 기쁨과 평화를 주시는 하나님을
왜 감사하지 않는가

꽃 같이

하나님은 오묘하게도 이렇게
예쁜 꽃을 우리에게 주셨습니다
하나님은 이렇게 예쁜 꽃을
사랑하라는 마음을 주셨습니다
하나님은 꽃들에게 예쁘게
피우라고 부탁하셨습니다
하나님은 우리가
꽃같이 아름답길 바라실 겁니다
하나님은 우리가 꽃같이 살다가
천국에서 향기 가득한 열매 맺기를 원하실 겁니다
욕심도 죄도 시기도 질투도 없는
그 곳 어딘가에서.

환상의 하나님

화려한 환상 속에 나는 보았네
내가 그리던 그 하나님을
부드러운 손과 어지신 그 눈을
조용히 조용히 다가갔었네

꽃다발 한 아름 받쳐 안고서
어디선가 만나려나 찾아 나섰네
저만치에 오라는 듯 손짓 보였네
나는 걸었네
홀연히 다가온 하나님을 향해서

행복에 부풀어 혼자 미소 지었네
하나님이 내 마음에 자리하셨네
날마다 부르며 그리워하던
하나님 아버지가 나를 찾아오셨네

예수님의 사계

예수님 나에게 다가왔어요
봄이 오듯 사부작사부작.

예수님은 나에게 속삭였어요
여름처럼 뜨겁게 사랑한다고.

예수님은 나에게 알려 주었어요
가을 오솔길처럼 맑고 명징하게.

예수님은 나에게 행복을 주었지요
겨울의 온돌방처럼.

예수님은 약속하셨어요
사계절의 믿음 소망 사랑을.

이제 알 것 같아요

생울음에 꺽꺽,
목이 메던 겨울이라도
눈물 콧물 팽팽 풀어버리면
소망으로 뜨거워질 수 있다는 것.

호호 부는 입김 더해
보슬보슬
믿음 꽃을 피우면
비틀거리며 헤매다가도
어우렁더우렁.

사랑의 손 꼭 붙잡고
하늘 보며 발밤발밤,
세월을 꼬박 걸어 만나는 찬란한 봄!

해는 멀고 그늘진 돌 틈 늦게 피는 꽃이 있단다

ⓒ 2023 별나라

2023년 10월 20일 초판 1쇄 인쇄
2023년 10월 25일 초판 1쇄 발행

지은이 | 별나라(최영자)
표지디자인 | 새하랑 harangthesky@gmail.com
펴낸곳 | 도서출판 컬처랩
등　록 | 제 390-2022-000004
주　소 | 경기도 광명시 광명5동 오리로 985번안길 28
전　화 | 0507-1327-8650
이메일 | culturesaloncpr@naver.com
ISBN　| 979-11-980198-1-3 (03810)

값 10,000원

이 책의 서체는 경기천년체와 제주한라산, 나눔손글씨펜을 사용했습니다.
시와 함께 삽입된 회화 작품의 목록은 다음과 같습니다.
Monet's Garden at Giverny - Claude Monet
Yellow and Orange Flower - Hannah Borger Overbeck
Tak van een gele roos (Rosa Lutea) - Willem Van Leen
Reading on the garden path - Albert Aublet
Head of a Woman - Alvar Cawén

※ 이 도서는 2023 경기도 우수출판물 제작지원 사업 선정작입니다.